SOPA DE LIBROS

© Del texto: Gonzalo Moure, 2002
© De las ilustraciones: Fernando Martín Godoy, 2002
© De esta edición: Grupo Anaya, S.A., 2002
Juan Ignacio Luca de Tena, 15. 28027 Madrid
www.anayainfantilyjuvenil.com
e-mail: anayainfantilyjuvenil@anaya.es

1.ª edición, marzo 2002
12.ª impr., julio 2008

Diseño: Manuel Estrada

ISBN: 978-84-667-1571-3
Depósito legal: M. 37171/2008

Impreso en ANZOS, S.L.
La Zarzuela, 6
Polígono Industrial Cordel de la Carrera
Fuenlabrada (Madrid)
Impreso en España - Printed in Spain

Las normas ortográficas seguidas en este libro son las establecidas por la
Real Academia Española en su última edición de la *Ortografía*, del año 1999.

Moure, Gonzalo
Palabras de Caramelo / Gonzalo Moure ; ilustraciones de
Fernando Martín Godoy. — Madrid : Anaya, 2002
80 p. : il. n. ; 20 cm. — (Sopa de Libros ; 72)
ISBN 978-84-667-1571-3
1. Sordomudos. 2. Relación niño-animal. 3. Multiculturalidad.
4. Argelia I. Martín Godoy, Fernando, il. II. TÍTULO.
087.5:82-3

Palabras de Caramelo

SOPA DE LIBROS

Gonzalo Moure

Palabras de Caramelo

Ilustraciones de
Fernando Martín Godoy

ANAYA

A Fatimetsu mint Abdessalam,
que me enseñó a hablar con las manos,
los ojos y el corazón.

HUBO UNA VEZ UN NIÑO SORDO

que amaba a un camello. El niño se llamaba Kori, aunque no podía saberlo porque no oía nada. Veía mover los labios a sus padres, a sus hermanos y a todos los que conocía, aunque no era capaz de traducir aquellos movimientos a ningún sonido. Pero veía que sus labios se abrían, se ponían redondos, e inmediatamente aparecían sus dientes.

Él era, por tanto, Labios redondos, Boca estirada: Ko-ri.

Su madre le señalaba y decía:

—Labios redondos, Boca estirada.

Así lo entendía Kori.

Luego, su madre se señalaba a sí misma y decía, despacio:

—Mahfuda.

Kori leía: Labios pegados, Boca abierta, Dientes sobre labio, Labios estirados, Boca abierta. Así se llamaba, para Kori, su madre.

El pequeño Kori tenía ocho años y vivía en Smara, uno de los campamentos de refugiados donde habitan los saharauis, en el desierto argelino. Eso era todo lo que había visto en su vida, la *hammada*: piedras, arena inacabable, *jaimas*, unos pobres cuartitos de adobe, los corrales de los animales, algunos edificios encalados más grandes, entre los que estaba su escuela, una bandera deshilachada y el cielo.

Nada más. Ni un poco de hierba, ni un árbol en el horizonte...

En aquel bosque de *jaimas* y cuartitos de adobe vivían otros niños, mujeres y hombres. De vez en cuando pasaba un coche, un autobús, o un camión. Algunos camiones traían agua para los depósitos de zinc, otros bombonas de gas. En los coches solían ir hombres serios, echando humo por la boca.

Los niños del barrio de Kori corrían detrás de los coches, se agarraban a sus parachoques, caían, reían, se volvían a levantar y volvían a correr. A menudo, los niños lanzaban piedras contra los coches y, a veces, estos se paraban y bajaban los hombres serios, muy enfadados. Al ver bajar a los hombres serios, los niños huían.

Kori iba a una escuela especial, con otros niños que tampoco eran como los demás: niños ciegos y niños con la mirada perdida y la boca quieta.

Kori aprendía en la escuela a atarse los zapatos, a dibujar animales, coches, *jaimas* y hombres.

Entre todos los animales que solía dibujar, había uno que le atraía más que los otros: el camello.

Los camellos fascinaban a Kori. Le gustaban sus movimientos lentos cuando los hombres los llevaban atados con un cordel que iba hasta una anilla que traspasaba su nariz. Le maravillaba la serenidad con la que aguantaban su encierro en los pequeños corrales. Le asombraba su enorme altura, su gran joroba y la cabeza inclinada, casi colgando del largo cuello.

Cuando los veía, Kori imaginaba su vida en el desierto, y soñaba despierto con ir montado en uno de ellos, como había visto hacer varias veces a otros niños más afortunados que él.

Kori dibujaba camellos en su cuaderno, una y otra vez, y cuando volvía a casa se detenía en los corrales del campamento para ver a los camellos de verdad.

Kori creía que los camellos también hablaban, porque movían los labios como las personas. Kori no sabía que el camello traga primero todo lo que le cabe en el estómago, luego lo devuelve a la boca y lo va rumiando poco a poco, después. El movimiento de sus mandíbulas y sus labios, rumiando, le hacía creer a Kori que los camellos decían palabras.

Los corrales de los campamentos estaban hechos de tela metálica, barras de metal viejo, latas prensadas y pieles de los camellos muertos. En el desierto no hay madera, y la poca que hay se quema en pedacitos, en infiernillos sobre los que se hierve el té, o haciendo fuegos más grandes para cocinar la comida, o para hornear el pan.

En la mayoría de los corrales había cabras: negras, rojas, blancas, negras y blancas, blancas y rojas. Unas eran grandes, de enormes cuernos, y otras pequeñas: niños de cabra, pensaba Kori. Pero, si acercaba sus manos al corral las cabras huían, o le intentaban morder. Por eso, prefería a los camellos, que se quedaban quietos y, creía Kori, hablaban como las personas.

Kori se acercaba a menudo a un corral en el que había una camella grande. La camella era de sus tíos, que vivían cerca de los corrales. Kori

iba casi todos los días a verla y ayudaba a su tía a darle la comida. Después, mientras su tía la ordeñaba, no se perdía un detalle; viendo manar el chorro blanco sobre el cuenco de metal.

Cuando su tía se iba, él se hacía el distraído para quedarse solo con la camella, se acercaba y trataba de hablar con ella. La camella miraba a Kori con gesto altanero y movía sus labios.

¿Qué le decía la camella? El pequeño sabía que la gente hablaba así, moviendo los labios, pero él no les entendía. Tampoco a los camellos. Kori movía los suyos pensando cosas como «me gusta tu gran joroba», o «quieres comida», o «me gusta la leche de camella». Pero la camella movía sus labios y Kori no entendía lo que contestaba.

La camella estaba muy gorda. Su tía le traía más comida que nunca, y la camella seguía engordando.

Una tarde, cuando volvía de la escuela, la camella tenía a su lado un pequeño camello de color caramelo.

Y, ahora, la camella estaba de nuevo flaca.

Kori había visto que a su madre le había pasado lo mismo dos veces. Primero iba poniéndose gorda, cada vez más y, un día, su vientre volvía a ser igual que antes, y a su lado había un niño. Así aparecieron, como por magia, los hermanos pequeños de Kori.

Kori pensó que eso era lo que había pasado con la camella: había tenido un niño. Un niño de camello. Un camello recién nacido se llama, en la lengua de los saharauis, *huar*. Pero Kori tampoco lo podía saber.

Su tía estaba en el corral con la camella y su hijo, el *huar*. Señaló al pequeño camello y le dijo algo a Kori. Él sonrió. Le gustaba mucho el nuevo camello de color caramelo. Era torpe, apenas se sostenía sobre sus patas, largas y débiles. Y su pelo parecía suave, apetecía acariciarlo.

El *huar* buscaba las ubres de su madre y se metía debajo de su barriga. De vez en cuando, su madre le lamía la cara.

Kori reía lleno de gozo.

La tía de Kori volvió a señalar al *huar* y preguntó al niño, levantando la mano, qué le parecía. Kori asintió, con entusiasmo. Quería decir que le gustaba, que le gustaba mucho. Abría los ojos todo lo que podía, como si quisiera que el *huar* entrara por ellos.

Su tía dejó que Kori pasara al corral con ella, para que acariciara al camello. Sujetó a la camella, y Kori se pudo acercar a su hijo. El pequeño animal miró hacia Kori y movió sus labios.

Kori entendió: Labios redondos, Boca estirada. Es decir, Kori.

«¡Sabe cómo me llamo!», pensó Kori.

Le señaló y levantó los dedos de una mano. Quería decir: «Y tú, ¿cómo te llamas?»

El camellito siguió moviendo los labios, y Kori entendió: Labios abiertos, Labios cerrados, Labios abiertos, Labios cerrados...

Kori rio otra vez y pasó la mano por la cabeza del pequeño. La encontró suave, y tibia.

En su mente, Kori llamó al *huar* Caramelo. Su color y su dulzura le recordaban a esa cosa que venía envuelta en papelitos brillantes, se metía en la boca y sabía dulce.

«Te llamaré Caramelo», pensó, al tiempo que movía sus labios mudos.

El *huar* miró a Kori con ternura. Kori pensó que aceptaba su nombre. Desde ese momento, los dos se quisieron.

KORI SE LLEVÓ UN PUÑADO DE HIERBA

del pequeño patio de su *jaima*. Fue al día siguiente, nada más salir de la escuela, y era para el *huar* de color caramelo.

Durante toda la mañana estuvo dibujando a la camella y a su hijo. La maestra quería que encajara unas piezas de plástico de colores en una caja, pero Kori solo quería dibujar a la camella y a Caramelo. Una y otra vez, cada vez mejor.

Había pensado qué regalo podía llevar al *huar* y, finalmente, había decidido que el mejor era un puñado de verde hierba de cebada, de la que cultivaba su madre en un rincón del patio, junto al grifo de la pequeña cuba de metal en la que guardaba el agua.

En lugar de pasar por los corrales, como solía hacer, esta vez se dirigió a casa. Trató de decirle a su madre que había nacido un camellito, que era de color caramelo, que la camella ya no estaba gorda, que a él le gustaba mucho, que se llamaba Caramelo y que quería llevarle un poco de hierba como regalo. Pero su madre estaba muy ocupada y no entendía los gestos de Kori.

Todo lo que se decían el uno al otro, por señas, era casi siempre lo mismo: comer, dormir, ir a la escuela, ir a la tiendecita a por té, a por azúcar, a por piedras de sal...

Y siempre lo hacían con los mismos gestos: comer, era llevarse los dedos juntos a la boca; dormir, poner la mano abierta y apoyar en ella la oreja; ir a la escuela, era señalar hacia ella y mover la mano como si dibujara. Gestos sencillos, que se repetían casi todos los días.

Por eso, las confusas señas de Kori tratando de explicarle lo del *huar* se perdían en la mente de Mahfuda, su madre. Y, además, Mahfuda siempre tenía cosas que hacer.

Dijo que sí, vagamente, con la cabeza, y dejó a Kori comiendo unas lentejas con sus hermanos.

Kori tenía dos hermanas mayores que él y dos menores, niña y niño. La mayor de todos ya no estaba en la *jaima* con ellos. Venía de vez en cuando, y leía grandes libros, escribía en un cuaderno, y acariciaba a Kori con ternura. Los libros de su hermana mayor eran todavía un misterio para él.

La otra hermana aún estaba con ellos, pero se ponía ya la *melfa*, la túnica que visten las saharauis cuando son mujeres y dejan de ser niñas. Kori se imaginaba que pronto seguiría los pasos de la hermana mayor, donde fuera que hubiera ido esta, y que después también volvería cargada con grandes y enigmáticos libros.

Luego estaba él, y tras él sus dos hermanos pequeños, Brahim y Naisma. Kori tampoco conocía sus nombres: solo unos movimientos confusos de labios que aún no había logrado aprender.

Brahim y Naisma tenían siempre mocos en sus narices y en sus labios, se pegaban todo el rato entre ellos, y su madre les castigaba a los dos. Cuando se enfadaba mucho, que era casi siempre, señalaba fuera de la *jaima,* decía algo con la boca muy abierta, y los dos niños se iban llorando.

Kori acabó de comer sus lentejas y salió al patio. Miró hacia los lados y no vio ni a su madre, ni a su hermana mayor, ni tampoco a los dos pequeños. Encontró las tijeras viejas con las que su madre cortaba la hierba, y escogiendo las briznas de una en una, cada una de un sitio para que no se notara su falta, fue formando un puñado en su mano.

Cuando acabó, dejó las tijeras en el mismo sitio donde las había encontrado y miró la pequeñísima plantación de cebada; nadie se daría cuenta. Metió la mano con el puñado de hierba debajo de su camisa y se fue hacia los corrales.

En el camino, no hizo caso a nadie. Vio a otros niños jugando, pasó bastante cerca de un partido de fútbol e incluso esquivó una piedra que casi le rozó. Los niños del campamento solían lanzarle piedras, y si él se enfrentaba con ellos, le pegaban y le tiraban al suelo, se llevaban un dedo a la sien, le señalaban y se burlaban de él.

Esta vez no hizo ni caso. Apretó el paso y siguió, sin volverse siquiera.

Cuando Kori llegó al corral de la camella y su hijo, este levantó la cabeza y se acercó a la reja, emitiendo un rugido. Kori no lo podía oír, puesto que era sordo, pero se le iluminó el rostro cuando vio que Caramelo se le acercaba. Movió sus labios pensando que con aquellos movimientos le decía:

«Toma, Caramelo, te traigo hierba de cebada».

Caramelo movió también los suyos y acercó aún más el morro a la reja, oliendo el puñado de hierba que Kori le ofrecía. Mordió las puntas de hierba, las masticó, y de inmediato estiró el cuello para conseguir más. Kori dejó que se llevara todo el puñado.

Caramelo se quedó, un buen rato, masticando con placer aquella jugosa hierba. Para Kori, el movimiento de su boca quería decir

cosas como «está buena la hierba de cebada», «su color es verde brillante», «sabe a rocío»...

Esas eran, para Kori, las palabras de Caramelo.

Durante toda la tarde, Kori y el pequeño camello charlaron. Kori metía la mano por la reja y acariciaba la cabeza y el morro de Caramelo, y Caramelo seguía, para Kori, con su parloteo interminable.

La camella miraba la escena con gesto de aburrimiento, de reojo, como si la cosa no fuera con ella. Tampoco Kori la miraba, solo tenía ojos ya para su pequeño amigo.

Kori visitaba a Caramelo todos los días,

sin faltar uno. Se pasaba las tardes con él, junto al corral, aunque hiciera mucho calor, aunque hiciera viento, o aunque hubiera, incluso, una de las terribles tormentas de arena que solían azotar el campamento.

Para Kori, Caramelo era el amigo que no había tenido nunca. Con él, trataba de hacer lo que creía que hacían los demás: pensaba lo que iba a decir, movía los labios para comunicarle a Caramelo aquellos pensamientos, y Caramelo contestaba moviendo los suyos.

Al principio, le costaba entender lo que decía el *huar* pero, poco a poco, lo fue logrando.

Kori trataba de leer en sus labios, y creía que Caramelo le hablaba del desierto, de cuánto le gustaría estar allí, donde había hierba verde por todos lados, y cientos de camellos, y fogatas junto a las *jaimas*, y otros *huars* con los que jugar.

Todo eso, le decía Caramelo a Kori, se lo había contado a él su madre.

La madre de Caramelo había vivido en el desierto muchos años, con un rebaño de más de cuarenta camellos, y juntos habían recorrido muchos kilómetros, muchos, en compañía de hombres, mujeres y niños, trasladando el campamento detrás de las lluvias, que significaban más pasto.

Caramelo le contaba aquello a Kori con frases maravillosas, con descripciones que hacían soñar a Kori y que le hacían pensar en palabras dulces, palabras de Caramelo.

Kori no sabía lo que era una poesía. Los saharauis aman la poesía, y se recitan unos a otros poemas bellísimos. Pero Kori era sordo, y no podía escucharlos. En su mente, ni siquiera existía la palabra «poesía», porque en su mente no existían las palabras. Solo las ideas. En su imaginación, sin embargo, escuchaba a Caramelo decir cosas así:

Los hombres serios del cielo
con sus mecheros encienden,
cuando la noche se extiende,
farolitos de hielo.

Algunos niños de la escuela especial a la que iba Kori cada día, aprendían a...

… ESCRIBIR.

Kori no sabía muy bien qué eran aquellos signos que otros niños aprendían a dibujar en sus cuadernos, pero veía a la maestra trazando líneas, como dunas, en la pizarra.

Y los niños los copiaban, y luego los leían, moviendo los labios despacio.

¿Escribían palabras de Caramelo, como «agua de cristal», como «farolitos de hielo»?

La maestra de Kori se llamaba Fatimetu. Dientes contra labios, Boca abierta, Dientes apretados, Labios estirados, Labios pegados, Labios apretados con un agujerito en el centro: Fa-ti-me-tu.

Fatimetu era buena. Acariciaba siempre a Kori como Kori acariciaba a Caramelo. Le enseñaba a atarse los zapatos y a dibujar. ¿Le enseñaría a escribir, también? Quería escribir las palabras hermosas que Caramelo le decía por las tardes.

Una mañana, agarró a Fatimetu por la manga y señaló con el dedo la pizarra, el cuaderno de otro niño, el bolígrafo. Fatimetu le entendió, sabía que quería aprender a escribir y a leer. ¿Pero cómo enseñarle a él, un niño sordo?

Le acarició el pelo, formó en su boca una sonrisa triste y dijo que no con la cabeza.

Kori lloró toda la mañana, toda la tarde, toda la noche.

Cuando llegó de nuevo a la escuela, se sentó en su pupitre, hundió la cabeza entre los brazos y no quiso hacer nada. Tampoco en casa. Comió sin ganas y al acabar corrió a los corrales con un puñado de hierba bajo su camisa, y estuvo toda la tarde junto a Caramelo.

El camello le hablaba de las vastas praderas que había más allá de la arena y las piedras, pero Kori no podía escribir «ríos frescos», ni «mares de hierba».

¡Era injusto que no pudiera escribir las palabras de Caramelo!

Y por la noche, en la *jaima*, ni siquiera quiso cenar, no quiso tampoco beber té, ni quiso las caricias de su madre, que no sabía qué le pasaba a su hijo.

Al día siguiente, nada más llegar a la escuela, incluso antes de sentarse, volvió a agarrar a la maestra por la manga, y la llevó hasta la tarima, señalando la pizarra, el cuaderno, a él... Mientras lo hacía emitía sonidos llenos de energía, que, al fin, conmovieron a Fatimetu.

—Te enseñaré, Kori, te enseñaré. No sé cómo, pero te enseñaré.

Desde luego, no fue fácil. Fatimetu empezó por escribir Kori en el cuaderno, y le señaló.

Kori sintió una gran excitación: ¿Aquellos signos con forma de dunas eran él? ¿Su nombre? ¿Labios Redondos, Dientes?

—Ko-ri —repetía Fatimetu, asintiendo. Llevaba los dedos del niño hasta su garganta y volvía a pronunciarlo, dejando que Kori sintiera la vibración de sus cuerdas vocales en las yemas de sus dedos.

Kori dibujó su nombre, más o menos bien, más o menos mal. Luego, Fatimetu se señaló a sí misma, dijo «Fatimetu», y lo escribió.

Y así empezó Kori a leer y escribir.

El día del eclipse de sol,

varios meses más tarde, Kori logró escribir su primera frase. Ese día, los buenos creyentes se ocultaron en las *jaimas*, en los hospitales, en las escuelas y en los pequeños edificios de adobe, porque Alá, no quería que vieran el sol oculto por la luna. No estaba bien.

Kori había ido a la escuela, como cada día; se dio cuenta de que la luz disminuía poco a poco, al otro lado de las ventanas. La maestra miraba de reojo hacia el cuadradito de cielo que se podía ver desde la clase. Luego, se hizo casi de noche en mitad del día, y los niños se alteraron.

Se levantaron de sus pupitres y salieron corriendo al patio de la escuela. La maestra no podía ir con ellos, pero se dijo que a los niños no les pasaría nada, porque eran inocentes. No sabían que ofendían a Dios, y Dios no podía enfadarse con ellos.

Kori también salió al patio y vio el sol velado, una mancha oscura en medio del cielo. Pensó en Caramelo. Siempre que le pasaba algo extraordinario pensaba en Caramelo, su pequeño camello, su amigo. ¿Era malo aquello que ocurría en el cielo? ¿Se apagaba el sol? Y si se apagaba el sol ¿se acababa la vida?

Salió del patio y echó a correr hacia los corrales, llorando. Caramelo y su madre, la gran camella, estaban también inquietos. Kori se acercó a Caramelo, y este se acercó a él. Lamió su mano y habló, en aquel lenguaje mudo que solo Kori entendía.

Kori señaló el sol oscuro con los ojos llenos de angustia, y Caramelo miró también. Los dos se quedaron contemplando el eclipse un buen rato. Pero Caramelo pareció calmarse. Eso tranquilizó al niño. Luego, Caramelo miró a Kori, y Kori a Caramelo.

Caramelo volvió a su incansable rumiar, y Kori leyó en sus labios.

Asintió con la cabeza, con entusiasmo, y volvió a mirar el sol, oculto tras la luna.

«Sí —se dijo—, eso es». Y acarició a Caramelo, sonriendo, mientras este le lamía la mano.

Cuando el sol comenzó a renacer tras el velo de la luna, Kori se despidió de su amigo y volvió, a la carrera, a la escuela. Fatimetu le preguntó con las manos dónde había estado. Kori se encogió de hombros y sonrió, como hacía cuando no quería dar demasiadas explicaciones. Se sentó y se puso a escribir en su cuaderno.

Era un cuaderno de ejercicios con hojas rayadas, en el que copiaba ya frases de un libro. Fatimetu estaba contenta con sus progresos. Notaba que Kori amaba la escritura, y ya lo hacía mejor que otros niños de la escuela especial. Mejor incluso, pensaba ella, que algunos niños de la escuela normal, que no sabían lo privilegiados que eran por tener ojos que veían, oídos que oían, y bocas que hablaban.

El sol volvía a lucir, y la escuela volvía a estar iluminada.

«Gracias a Dios», pensó Fatimetu.

Avanzó hacia el pupitre de Kori, se inclinó por encima de su hombro, y leyó:

El sol y la luna se aman, y por eso se unen en el cielo.

Fatimetu no podía creer lo que estaba viendo. La frase estaba escrita con algunas faltas, pero se entendía muy bien: «*El sol y la luna se aman...*»

Fatimetu puso el dedo encima de la frase, y mirando a los ojos de Kori le preguntó, con los dedos de la mano hacia arriba, de dónde había salido aquello. No era un ejercicio, y parecía referirse al eclipse.

«Es verdad —pensó Fatimetu—, la luna había ocultado al sol, como hacían los hombres en el baile, cuando levantaban los brazos y con la *darráa,* una especie de túnica que visten los hombres en el Sáhara, ocultaban a la bailarina.»

Kori se puso muy serio y escribió en su cuaderno:

Son palabras de Caramelo.

Fatimetu ya sabía que Caramelo era un camellito de los corrales. Un día había acompañado a Kori hasta allí, y Kori le había dicho, con gestos, que se llamaba Caramelo, y también le había explicado que los dos solían hablar, y que Caramelo era su mejor amigo.

Fatimetu sonrió, y acarició la cabeza de Kori. Ahora, se sentía feliz por haberle enseñado a leer y a escribir.

El día del eclipse de sol, el día que Kori escribió «*El sol y la luna se aman*» fue tan solo el primero. Kori siguió escribiendo frases hermosas, cada vez más largas, ante el asombro de Fatimetu. Aquellas frases sonaban, leídas en voz alta, como los poemas de los viejos poetas saharauis. Al fin y al cabo, se dijo la maestra, los versos de los viejos poetas también sonaban dulces, como palabras de caramelo...

Fatimetu no se lo dijo a nadie, ni siquiera al director de la escuela especial. No lo habrían entendido. Ni ella misma lo entendía muy bien, y tenía miedo de que se rieran de ella; y de Kori, al que quería cada vez más.

Por las tardes, Kori llevaba al corral del pequeño camello una hoja de su cuaderno, escrita con las frases que él había leído en los labios de Caramelo. Se la enseñaba, y Caramelo alargaba el cuello y se comía la hoja. Tranquilo y agradecido, como cuando Kori le llevaba un puñado de hierba o un trozo de pan, o un poco de grano, o unos garbanzos.

Kori no podía saber que Caramelo se comía la hoja de papel porque el papel tiene celulosa, y le gustaba. Al principio se enfadó con el *huar*, pero Kori acabó por pensar que aquella era su forma de leer lo que él había escrito, que era, al fin y al cabo, lo que el propio Caramelo le había dictado. Se comía sus versos, es decir, leía, a su manera, sus propios versos. Después de todo, eran palabras muy dulces.

Pasaron los meses, y pasó un año, y Caramelo creció. Se convirtió en un camello alto y fuerte.

Kori iba a los corrales con el cuaderno debajo del brazo, se sentaba delante de Caramelo, y copiaba los versos que creía que Caramelo le dictaba al mover los labios, como los de los camellos del aire...

> *Hay en las nubes camellos blancos,*
> *que pastan hierba de algodón*
> *y beben en los pozos de cielo...*
> *Hay en el sol camellos dorados,*
> *que beben agua*
> *y pastan hierba de fuego.*

Kori no se los enseñaba a nadie, salvo a Fatimetu, la maestra.

Fue una época muy feliz, la más feliz de la hasta entonces corta vida de Kori.

Pero un día, cuando el hambre apretaba en los campamentos y los niños pedían comida, Ahmed, el tío del niño, decidió que había llegado...

... LA HORA DEL SACRIFICIO.

Ahmed, sin embargo, temía el momento de decirle a su pequeño sobrino lo que debía hacer, porque sabía muy bien cuánto quería al camello, la relación tan dulce y estrecha que había entre los dos.

Era un enorme problema para él. La carne del camello, que ya era casi un adulto, se haría cada vez más dura, y sería una boca más que alimentar. Si fuera camella, su vida serviría para dar leche, para criar otros camellos, pero al ser camello... Solo servía para carne.

Pese a todo, consultó con Dios en sus cinco oraciones del día, y cuando la noche cayó, al acabar la quinta oración, supo que su obligación era sacrificar al camello. Su familia, su pueblo, sobrevivía en pobres campamentos de refugiados, y necesitaban carne. Dejar vivir a un camello macho, era un lujo que los refugiados no se podían permitir.

Lo haría. No tenía otro remedio. Pero, ¿cómo decírselo a Kori, el pequeño sordo que pasaba tantas horas con él, que amaba tanto al joven camello?

El rumor se extendió por el barrio. Y alguien, con mucha crueldad, le dijo a Kori que... e hizo un gesto inequívoco con el dedo índice sobre el cuello, señalando al camello. Kori entendió que quería decir ese gesto. Había visto muchas veces cómo los hombres serios se llevaban un camello al campo de los sacrificios. De lejos, sin atreverse a ir hasta allí, había visto con horror cómo lo obligaban a arrodillarse y, después de orar, orientando la cabeza del camello hacia La Meca para que el sacrificio fuera del agrado de Dios, lo degollaban.

Eso era lo que el gesto quería decir: un dedo, como un cuchillo, pasando por el cuello de Caramelo.

Kori lloró desconsoladamente al comprenderlo. Sus gritos poco articulados resonaban en todo el campamento, y hasta los animales de los corrales miraban hacia él, en silencio, asustados, intuyendo la muerte.

La tía, la madre de Kori y las demás mujeres del barrio se entristecieron y pidieron a

Ahmed que no sacrificara al camello. El pobre hombre se sentía muy mal. Quería al niño y se compadecía de él. Todavía buscó en el cielo una señal que le dijera que no debía sacrificar al camello, pero no la halló.

Kori lloraba, junto al corral.

Su tío tomó la cabeza del pequeño sordo entre sus manos y dejó que llorara y llorara, hasta que sus lágrimas se agotaron y dejó de hipar. Limpió la saliva que corría por su barbilla y acarició su cabeza. Un hombre saharaui nunca llora delante de las mujeres y de los niños; está mal visto, pero Ahmed también lloró.

Sentó a Kori en sus rodillas y atrajo su cabeza contra su pecho. Cuando los sollozos de Kori se fueron espaciando, le separó y le miró a los ojos, para que viera sus lágrimas. Y aún más, tomó la mano derecha de Kori y la acercó a sus ojos, dejó que el niño mojara sus dedos en sus lágrimas para que entendiera que también a él le dolía lo que había que hacer. Kori lo entendió y no lloró más.

En los días que siguieron solo se separó de su amigo en las horas de la noche. Dejó de ir a la escuela. Nada más despertarse, con las primeras luces del alba, corría al corral y se sentaba frente a Caramelo, con su cuaderno entre las manos.

Una tarde, cuando apenas quedaban dos días para el sacrificio,

Kori tomó una decisión.

Regresó a su *jaima*, cenó en silencio, se acostó pero no se durmió. Unas horas después, al escuchar que de los cuerpos de su madre y sus hermanos ya se elevaba un rumor de sueño, Kori se levantó en silencio, con cuidado de no despertar a nadie. Pasó por la pequeña cocina, se ató a la cintura una petaca llena de agua, se metió en los bolsillos todo el pan que encontró, se puso el turbante y un anorak, y abandonó la *jaima*.

El campamento tenía una extraña luz blanca, bañado por la luna, casi llena. Nada se movía, y apenas se oía una tos, una puerta chirriando...

Kori se dirigió a los corrales. La luna hacía que algunos fragmentos de metal brillaran pálidamente. Allí estaba el corral, su corral, el corral de Caramelo. El camello dormía, al igual

que su madre. Pero al sentir las pisadas de Kori en las piedras, Caramelo abrió los ojos y le miró, con sorpresa. Se levantó sobre sus patas y se acercó al niño. Kori no se retrasó un instante. Abrió la puerta, quitando el alambre que la sujetaba, entró en el corral, y abrazó a Caramelo.

Pensó: «Nos vamos». Y movió los labios. Por si acaso, Kori buscó una cuerda, deshizo el nudo, la pasó por el cuello de Caramelo, y le obligó con suaves tirones a salir del corral.

Se fueron en dirección a la *güera*, la colina que protegía los corrales de las tormentas de arena. Un perro ladró a lo lejos, pero nada se movía. El campamento dormía y las *jaimas* parecían fantasmas descansando en el desierto.

Media hora después, cuando se volvió hacia atrás, ya no se veía el campamento. Solo la luna, flotando, y la colina, una masa lechosa en medio de la nada.

Kori soñaba con el desierto, con la hierba, con los árboles, los cauces secos de los antiguos ríos, con una *jaima* escondida debajo de las acacias, una *jaima* para ellos dos, para siempre, lejos de los hombres serios y sus reglas, sus sacrificios y su impasible gesto. Y con ese sueño en su mente, caminaba junto a Caramelo, sin detenerse un minuto, hacia el sur, hacia la hierba y los pozos.

El amanecer fue frío. Kori se abrochó el anorak y se apretó el turbante negro, dejando apenas una rendija para sus ojos. Respiraba su propio aliento, y así recuperaba el poco calor que exhalaba. El sol asomó por el Este como una escudilla enrojecida por el fuego, y el desierto se encendió. Sombras rosadas, pero sombras en la nada. Ni un árbol, ni un poco de hierba, nada. Una vasta desolación, una ausencia infinita.

Kori miró a Caramelo, pensó:«¿Hacia dónde vamos?» y movió los labios. Caramelo movía los suyos, rumiando incansable. Sus ojos parecían cansados. Kori leyó en ellos: «Sígueme».

Kori no podía saber que un camello, cuya madre bebió en un pozo, conserva una memoria escondida sobre la dirección que debe seguir para llegar al pozo. Caramelo tampoco lo

sabía, pero algo en su mente le decía: «Hacia allí, hacia allí». Y Kori le seguía.

Al despertarse con la luz del sol que iluminaba la *jaima*, la madre de Kori se levantó con dificultad. Tenía tantas cosas que hacer... Pasó por encima de los cuerpos envueltos en mantas de sus hijos, pero no se dio cuenta de que la manta de Kori no cubría ningún cuerpo. Fue a la cocina y se puso a cortar pan, después de verter un poco de aceite en un cuenco de loza. Al hacerlo, vio que había poco pan, apenas para seis o siete rebanadas, pero solo cuando llamó a sus hijos para el desayuno, echó en falta a Kori.

—¿Y Kori?

—Durmiendo —dijo la mayor de sus hijas.

—Despiértale.

La niña volvió con una expresión de sorpresa en su rostro.

—No está.

Al principio, Mahfuda quiso creer que estaría cerca, que se habría despertado pronto y habría salido para ir a hacer sus necesidades en el retrete común. Y, cuando media hora después no había vuelto, pensó que habría ido a los corrales, a escribir en su cuaderno, como hacía desde que había aprendido.

El sol ya se había despegado del horizonte. Mahfuda fue caminando hacia los corrales, pero pensar en la falta del pan en la cocina, comenzaba a causarle una gran angustia. Y al llegar a los corrales, la verdad se le reveló como un mazazo: Kori no estaba junto al corral, ni tampoco Caramelo estaba dentro.

—¡Se han ido!

Cuando el tío de Kori supo lo que había pasado, fue corriendo a la *jaima* de uno de los hombres serios, que tenía unos prismáticos.

Luego, subió a la colina, y recorrió la desolada planicie mirando a través de ellos.

—Ni rastro —musitó.

Esa palabra, rastro, sin embargo, le dio una idea. Bajó de la colina y se dirigió a los corrales. No tardó en encontrar las huellas de Kori, junto a las de Caramelo, alejándose del corral en dirección a la colina, casi por donde él mismo había venido.

Las siguió, y rodeó el pequeño promontorio por su lado sur, hasta que comprobó que se perdían en un vasto campo de piedras calcinadas. Desde allí, volvió a enfocar los prismáticos, barriendo el horizonte.

—Nada —murmuró una vez más, abatido y preocupado.

No fue fácil encontrar a alguien que tuviera un Land Rover dispuesto para salir a la *hammada*, en busca de Kori. Unos estaban averiados, otros no tenían bastante combustible...

Ya era mediodía cuando el tío de Kori logró encontrar a Chej, un buen amigo, siempre dispuesto a echar una mano a quien fuera, y que tenía el coche a punto.

Chej se ajustó el turbante y encendió el motor del coche.

—¿Hacia dónde?

—Hacia el sur.

Pero los caminos del sur son infinitos. Ahmed, mientras recorrían los primeros centenares de metros, recordó los versos de un joven poeta saharaui, Limam Boicha:

No olvides
los nombres de Dios
cuando salgas
a los caminos del sur.

Tras doce horas de camino agotador, Kori sentía crecer en su pecho la angustia. Habían encontrado una *talja*, una acacia espinosa, solitaria y achaparrada por el viento y las tormentas de arena. Pero a su alrededor no había nada.

Era la hora de más calor, y Kori sacó su petaca de agua para echar un trago breve. Caramelo se había arrimado al tronco áspero de la *talja* y se rascaba contra él.

«Aquí no hay nada», pensó Kori, y movió los labios hacia Caramelo. El camello entornó sus ojos y miró hacia el sur. Sus labios se movían.

«Hacia allí», entendió Kori.

Volvió a apretarse el turbante y echó a andar. Caramelo le siguió, y luego le adelantó. De vez en cuando giraba el cuello para comprobar que Kori no se retrasaba.

Al anochecer, encontraron el cauce seco de un río en el que crecían unos pobres matojos de hierba, a la escasa sombra de un grupito de *taljas*. Caramelo se apresuró, y comenzó a mordisquear las puntas menos resecas de los hierbajos. Kori se sentó en el suelo, aspirando el aire. Se quitó el turbante, e hizo con él una almohada. Mientras Caramelo se movía despacio, buscando los brotes más tiernos, Kori se quedó dormido.

Era de noche cuando se despertó. La luna aún no había hecho su aparición, y el cielo se había cuajado de estrellas; una infinidad de fuegos fríos en el silencio negro. Caramelo se había postrado junto a él, sobre las patas dobladas, con los ojos cerrados.

Al sentir el rumor de la ropa de Kori, Caramelo abrió los ojos. Y movió los labios, rumiando lo poco que había podido arrancar a aquella desolada naturaleza. Y Kori leyó en ellos:

«Esta no es la tierra con la que soñaba
en el vientre de mi madre.
Esta no es la campiña, ni este es el río.
Esta soledad está muerta,
no es la soledad de los dulces pastos.
Mi corazón me dice que vaya hacia el sur,
pero mi olfato no ventea la hierba, ni el agua,
ni los dulces montes rodeados de árboles.

Sus labios se detuvieron un instante, y luego siguieron moviéndose, con serena cadencia:

Estamos perdidos, pequeño Kori,
pero mi arroyo eres tú,
y tu hierba soy yo».

Kori sintió una honda emoción, se abrazó al cuello de Caramelo y cerró los ojos, llenos de estrellas y palabras. No entendía nada de lo que significaba aquella desolación, porque un niño sordo no podía saber que su pueblo no vivía en su tierra, que aquel desierto no era el suyo, el de su pueblo, sino el desierto del desierto; un trozo de tierra estéril donde les habían dejado plantar sus tiendas, muchos años atrás. Y que estaba tan lejos de los pastos y de los montes como del mar. Kori era tan solo el más pequeño, el más humilde y golpeado de los hijos del exilio. Los pastos estaban hacia el sur, sí, pero tan lejos que no los habría alcanzado nunca.

Él no lo podía saber. Pero Caramelo ya lo sabía. Su olfato, su instinto, su memoria heredada del vientre de su madre, le había dicho ya que no llegarían jamás. Aquella tierra estéril era la *hammada*, que en árabe quiere decir «cuánto dolor...».

El joven camello cerró los ojos después de levantar una vez más la vista hacia las estrellas y lanzar un hondo y quejoso rugido que, a su modo, también significaba «cuánto dolor». Pero Kori era sordo, y no lo pudo escuchar.

Cuando Chej vio los dos puntitos en la lejanía, a través de los prismáticos, el sol ya se había elevado un buen trozo sobre el horizonte.

—¡Allí están!

Kori vio cómo se enderezaban las orejas de Caramelo, y al ver que dirigía su mirada hacia el horizonte, por encima de su hombro, supo que su intento de huida, con Caramelo, había llegado al final. Se sentó en el suelo, cerca del

camello, y esperó, mirando hacia el mismo punto que Caramelo.

Poco a poco, fue distinguiendo un pequeño gusano de polvo en la distancia.

Unos minutos más tarde, se dejaba abrazar por su tío Ahmed.

No levantó la mirada hacia él, porque no se sentía culpable de nada. Pero tampoco protestó, ni lloró, porque también sabía que no podía hacer ya nada más.

Chej, que asistía en silencio al encuentro, pasó una cuerda por el cuello de Caramelo, y lo ató al Land Rover.

Los tres, Chej al volante, Kori en medio, y su tío a la derecha, ocuparon el asiento delantero del coche. Y sin forzar la marcha, sin obligar a correr siquiera al joven camello, emprendieron el camino de regreso, hacia el norte, hacia el corazón de la nada, el corazón del desierto del desierto, el centro desolado de la inmisericorde *hammada*.

EL DÍA FIJADO POR LOS HOMBRES SERIOS,

su madre intentó distraer a Kori, llevándole con ella a comprar chucherías en las tiendecitas del barrio. Pero el niño no quiso ir. Como cada día, se vistió y se encaminó hacia los corrales. Llegó al de Caramelo. Se sentó en el suelo y aguardó la hora, sin hacer un gesto, sin llorar.

Poco después, se presentaron su tío, el matarife, y otros dos hombres que les iban a ayudar. Todos iban embozados en sus turbantes negros y ninguno se atrevía a mirar al niño. Kori tampoco les miraba a ellos. No tenía ojos más que para su amado Caramelo.

Los hombres serios llevaron al camello a la *hammada*, tras la colina, al lugar en el que se hacían los sacrificios: una enorme superficie desolada, en la que solo se veían las pieles y los huesos, testigos de otros muchos sacrificios, y la silueta negra de los cuervos.

Kori siguió a la comitiva de cerca, con la cabeza baja y los ojos encendidos.

Al llegar al lugar elegido, hicieron que el camello doblara las patas.

Había un silencio insólito.

Kori se acuclilló delante del camello y le miró a los ojos y a la boca. Caramelo le miraba también, y rumiaba, moviendo los labios y la lengua. Kori también movía los labios y la lengua, mientras de sus ojos caían lágrimas, despacio, sin sollozos, sin ningún sonido.

A una seña de su tío, los hombres del turbante negro agarraron al camello de la cabeza, obligándole a permanecer en dirección a la Meca, y el matarife lo degolló.

Cuando el camello gritó su sorpresa y su dolor, cuando dio un alarido de decepción y de rabia, Kori se puso de pie de un salto, asustado por los gestos y la sangre que brotaba del cuello de Caramelo.

Miraba al camello y este le devolvía la mirada, moviendo todavía los labios mientras la vida se le escapaba.

Entonces, Kori venció sus deseos de salir corriendo, de huir, de no ver. Se puso de nuevo en cuclillas, se acercó cuanto pudo a Caramelo, sacó de sus ropas el cuadernito y el bolígrafo, y fue escribiendo todo lo que creía escuchar que salía de los labios del camello.

Los párpados descendían sobre los ojos de Caramelo, y el movimiento de su boca fue más y más lento, hasta que por fin cesó. El niño se levantó, besó la cabeza quieta de Caramelo, y se alejó de allí, sin volver la cabeza.

Dicen que Ahmed, y varios de los hombres serios, lloraron en silencio, ocultando sus ojos húmedos de los demás, detrás de sus turbantes negros.

Kori subió a lo más alto de la colina, se sentó en una piedra y, inclinado de nuevo sobre su cuaderno, siguió escribiendo durante todo el día palabras como estas:

No llores porque la vida se acabe,
piensa que hemos vivido...
Yo lo acepto,
me voy con tu recuerdo
a los pastos del cielo...
Y mientras tú vivas,
yo siempre estaré contigo.
Tú aún no lo entiendes,
pero cuando la noche te alcance,
lo entenderás también,
pequeño Kori, mi único amigo...

KORI CRECIÓ,

luchó contra las barreras de la sordera y la mudez, y aprendió a hablar con una voz extraña, pero hermosa y rotunda. Nunca dejó de escribir poemas.

Ya era un joven admirado y respetado, pero cada tarde se iba con su cuaderno y su bolígrafo a los corrales del campamento de Smara. Se sentaba en el suelo y algunos cuentan que parecía dialogar con los camellos.

Después, subía a la colina, desde la que se dominaba la enorme ciudad de adobe y lona, hacia un lado; y la despiadada y pedregosa *hammada*, hacia el otro. Allí trabajaba sobre su cuaderno, escribiendo y meditando. Tanto si hacía buen tiempo como si soplaba alguno de los muchos vientos malos, cargados de arena y polvo; entonces, se protegía el rostro y la cabeza con el turbante, y nada parecía distraerle.

Solo los niños, todas las tardes después de la escuela, subían en grupos para jugar deslizándose por las laderas de la colina. A menudo, Kori charlaba con ellos, se colocaba el audífono para escuchar sus voces y sus risas, y les recitaba cortos poemas infantiles, ingenuos y puros. Entonces les hacía reir con las rimas más sencillas, y les emocionaba con las historias más hondas surgidas de su cuaderno. Luego, volvían a deslizarse por la ladera, y Kori se quitaba el audífono y seguía escribiendo, siempre sonriendo.

Cuando Kori veía a los niños correr y jugar, a las madres trabajando en las *jaimas*, a los hombres serios yendo hacia sus serios destinos, pensaba: «Ahí está Caramelo, en su fuerza, en su vida».

Los ancianos también reconocían en Kori a un gran poeta. Una mañana, Kori vio cómo subía hacia la colina uno de ellos. Le conocía: era el Bati, el mejor, el más grande de los poetas saharauis. Bati saludó, desgranando el largo ritual de palabras de los saharauis, y se sentó junto a él.

Durante unos minutos, no se oía nada más que el roce de la punta del bolígrafo en la hoja de papel del cuaderno de Kori. Él no lo podía escuchar, porque no se había puesto el audífono. Por fin, Bati habló, y Kori leyó en sus labios, con atención:

—He escuchado un poema tuyo.

—¿Sí? —preguntó Kori, sinceramente sorprendido.

—Sí. Era un poema bello, muy bello. Al escucharlo, sentí la misma emoción que siento tan solo leyendo los más ricos versos del Corán.

«Eso es decir mucho. Demasiado», pensó Kori. No acertó a decir palabra. Bati miraba hacia el campamento, que reverberaba bajo el sol. Y de pronto comenzó a recitar el poema de Kori.

El joven poeta, leyendo aquellos versos en los labios del más venerado de los poetas saharauis, sintió un nudo de emoción en su garganta. Cuando sus labios se cerraron y se extinguió el último verso en el silencio de la mañana, Bati preguntó, casi para sí mismo:

—¿De dónde pudo surgir una inspiración tan honda, para escribir algo tan hermoso?

Kori agachó la cabeza y trazó unas letras en la arena. Después de un largo silencio, dijo:

—No son mis versos. Yo, solo los escribí. Me los recitó hace mucho tiempo mi mejor

amigo, justo antes de morir. Yo los leí en sus labios como los he leído ahora en los tuyos.

Bati parecía conmovido, y acariciaba sus labios con un dedo, pensativo. Al cabo de un momento, Kori añadió:

—Nunca, nunca he tenido un amigo igual. Fue ahí abajo, en el campo de los sacrificios de los camellos, cuando yo aún era un niño.

Bati lo entendió. «De modo —se dijo —, que lo que se cuenta como una leyenda, es verdad».

—Tu amigo se llamaba Caramelo, ¿verdad?

Kori asintió, en silencio, con la vista perdida entre los corrales.

El poema de Kori se llamaba, como este libro, *Palabras de Caramelo*.

Índice

Escribieron y dibujaron…

Gonzalo Moure

Gonzalo Moure vive en Asturias, y viaja al menos una vez al año a los campamentos de refugiados del Sáhara, donde transcurre este libro. De viajes como esos extrae la materia prima para escribir, tarea a la que se dedica casi en exclusiva desde hace trece años. Llegado a la literatura infantil casi por azar, ahora se declara comprometido con ella, para lograr hacer lectores sólidos, que no pierdan ya nunca lo que llama «el don de la lectura». A la hora de escribir para niños, ¿qué es lo que más le interesa transmitir al lector?

—Trato de hacer una literatura simétrica. Ni yo puedo olvidar mi condición de adulto, ni el niño puede ser tratado como otra cosa que un niño. De modo que mis libros quieren ser un puente entre ambos mundos. Si lo consigo, logro lo que busco: literatura, no simple diversión, y lejos, muy lejos, del lenguaje «bonsaizado» que convierte en ñoños muchos libros para niños.

—*¿Qué es lo que le ha llevado a elegir como prota-gonista a un niño saharaui?*

—Mi experiencia personal, mi enamoramiento de un pueblo que, con paciencia y sin violencia, lleva 26 años viviendo en el peor desierto del mundo para tratar de ganar el derecho a tener su patria. Y si amo al pueblo saharaui, es sobre todo gracias a sus niños, que conservan lo mejor de la infancia: alegría sin límites, y un respeto profundo hacia el mundo de sus mayores.

—*¿De qué recursos se vale para transmitir tan fiel-mente la manera de sentir de un niño de 8 años, es más, de un niño discapacitado?*

—Entre todos los niños saharauis quiero a una más todavía: es sordomuda, vive en Smara, y se llama Fatimetsu. Durante horas, allí en el Sáhara, charlamos con las manos y el corazón, y me enseñó un mundo de silencios e ideas hermosas. Para ella es este libro.

Fernando
M. Godoy

Fernando Martín Godoy nació en Zaragoza en 1975. En cuanto fue capaz de agarrar un lápiz, se puso a dibujar y hasta el momento no ha parado. Actualmente vive en Madrid, se dedica a la pintura y a la ilustración de libros para niños. ¿Qué momentos del relato le han resultado más sugerentes para realizar las ilustraciones?

—Sin duda, los que reflejan la relación entre los personajes, o sea, casi todos. Para mí, lo más importante de la historia de Kori y Caramelo es el amor que sienten el uno por el otro, el papel de la madre, el de la maestra, o la escena tan intensa entre Kori y su tío Ahmed, que no puede hacer nada más que abrazarle para aliviar el sufrimiento de su sobrino.

—*¿Cómo se plantea el proceso de la ilustración de un libro?*

—Ilustrar un libro es casi como dirigir una película: necesitas los decorados, los protagonistas, los actores secundarios, la dirección artística, el vestuario, el maquillaje, la iluminación, que todo el mundo actúe bien... Una de las cosas más difíciles es conseguir que los personajes se parezcan a sí mismos en todos los dibujos, o que las ilustraciones mantengan un ritmo y haya cierta coherencia.

—*En su opinión, ¿qué papel debe jugar una ilustración en un libro para niños de diez años?*

—Yo mismo me he hecho esa pregunta muchas veces. A menudo, pienso que un libro bien escrito no necesita ilustración. Pero creo que el trabajo del ilustrador es hacer más atractivo el libro sin entorpecer el trabajo del escritor, darle una personalidad a la historia que no choque con la que tiene por sí sola. Con los dibujos se pueden contar cosas que complementen la narración.

SOPA DE LIBROS

A PARTIR DE 10 AÑOS